CATALOGUE

DE BEAUX

TABLEAUX ANCIENS

PAR

G. Berckheyde, Berghem, F. Bol, Pâris Bordone, A. Canaletto
J. van Capelle, G. Coques, A. Cuyp, De Boys
Jan Leduc, Everdingen, H. Fragonard, Van Goyen, F. Guardi
Van der Helst, Van der Heyden, Hugtenburg, K. Du Jardin
Th. de Keyser, Lingelbach, Carle Van Loo, Van der Meulen, J. Molenaer
F. Moucheron, Eglon Van der Neer
J. Ruysdael, S. Ruysdael, Tiepolo, E. Van de Velde, J. Vernet, Vestier
Jan Wouwerman, Th. Wick

Beau Tableau par M. Hobbéma

LE TOUT COMPOSANT

LA COLLECTION DE M. LE COMTE POTOCKI

ET DONT LA VENTE AURA LIEU

Le Vendredi 8 Mai 1884, à 2 heures 1/2

GALERIE GEORGES PETIT

8, rue de Sèze, 8

M⁰ PAUL CHEVALLIER, commissaire - priseur,
10, rue de la Grange-Batelière, 10

EXPERTS

M. G. PETIT	**M. B. LASQUIN**
12, rue Godot-de-Mauroi, 12	12, rue Laffitte, 12

EXPOSITIONS

PARTICULIÈRE : Le Mercredi 6 Mai 1885
PUBLIQUE : Le Jeudi 7 Mai 1885

DE UNE HEURE A CINQ HEURES

CONDITIONS DE LA VENTE

Elle sera faite au comptant.

Les acquéreurs payeront *cinq pour cent* en plus des prix d'adjudication.

Paris — Imprimerie de l'Art. E. Ménard et J. Augry,
41, rue de la Victoire, 41.

DÉSIGNATION

ASSELYN

(JAN)

Né à Anvers vers 1610, mort à Amsterdam en 1660. École hollandaise.

1 — *La Visite aux ruines.*

Un voyageur s'est arrêté sous les vastes galeries de thermes romains, dont les ruines imposantes occupent les premiers plans du paysage. Il a confié, à la garde d'un paysan, son cheval blanc chargé d'une valise sanglée sur la selle recouverte par un grand manteau écarlate. D'autres touristes, à cheval, apparaissent dans le lointain, se dirigeant vers les ruines.

Bois. Haut., 35 cent.; larg., 28 cent.

BERCKHEYDE

(GERRIT)

Né à Harlem en 1645, mort en 1698. École hollandaise.

2 — *La Place du Dam, à Amsterdam.*

La façade de l'hôtel de ville et son campanile se dressent au fond de la place sillonnée par un grand nombre de figures.

A droite, autour d'un petit monument décoré de grandes armoiries, des commerçants s'occupent d'affaires, entourés de marchandises, de chevaux et de traîneaux chargés de tonneaux de bière.

En avant, plusieurs marchandes de fruits arrêtées près de leurs voitures, un enfant et un chien, un colporteur roulant une brouette chargée d'une malle, un gentilhomme et sa famille, un groupe de personnages d'Orient et d'autres promeneurs.

Plus loin, deux cavaliers, des enfants jouant au cerceau et diverses figures sous les arcades du monument.

Autour de la place, la cathédrale et les rues aboutissant sur le Dam.

Importante composition d'une tonalité claire, portant au bas la signature de l'artiste en toutes lettres et la date 1691.

Toile. Haut., 69 cent.; larg., 91 cent.

BERGEN

(DIRK VAN)

Né à Harlem vers 1645, mort en 1689. École hollandaise.

3 — *Animaux au pâturage.*

Une femme est assise par terre, un enfant dans les bras, un chien à côté d'elle. Une vache rouge se frotte le cou contre le tronc d'un arbre. Une chèvre broute en avant d'une tente dressée sur des piquets. Une vache et une brebis couchées, une autre vache et un mouton debout complètent la composition.

Signé en bas : *D. van Bergen.*

Toile marouflée. Haut., 33 cent.; larg., 40 cent.

BERGHEM

(CLAES-PIETERSZ)

Né à Harlem en 1620, mort en 1683. École hollandaise.

4 — *La Gardeuse de vaches.*

Assise, en jupe rouge, elle cause avec un berger adossé à un arbre et appuyé sur son bâton. Près d'elle, son panier et sa gourde. Autour d'eux, leur troupeau, vaches et chèvres, paissent en liberté. Le soleil se couche sur la droite et éclaire toute la campagne d'une lumière dorée.

Très bon tableau du maître.

Signé et daté 1657.

Bois. Haut., 39 cent.; larg., 45 cent.

BERGHEM

(CLAES-PIETERSZ)

5 — *La Chèvre blanche.*

Au milieu de rochers escarpés, au pied d'un arbre vigoureux, au tronc argenté et plaqué de mousse, étendant une longue branche à demi écorcée, une chèvre blanche, suivie d'un bouc noir, s'avance mordillant les feuilles, à travers l'enchevêtrement des plantes sauvages et des magnifiques chardons, épais fouillis de verdure diapré de coquelicots, de soucis, de bleuets et des corymbes du sureau. Des limaçons rampent sur les larges feuilles des bouillons blancs. Le chevrier, vêtu d'une peau de mouton, est assis sur un quartier de roc, tourné vers les montagnes de l'horizon, dont la crête bleue se découpe sous un ciel couvert de beaux nuages.

Tableau d'une exécution magistrale, très étudié dans tous les détails.

Signé à gauche.

Toile. Haut., 69 cent.; larg., 81 cent.

BLOEMEN

(PEETER VAN)

Né en 1657, mort vers 1719. École flamande.

6 — *La Halte au camp.*

Plusieurs cavaliers sont arrêtés au milieu d'un campement; au centre, un cheval blanc, dont la selle a été jetée à terre, attend l'avoine devant un râtelier; à droite et à gauche, deux cavaliers ont mis pied à terre et désanglent leurs chevaux; le chef, à cheval derrière eux, leur donne des instructions. Sur la gauche, un groupe de personnages assis ou agenouillés discutent les péripéties du combat; sur la droite, une femme et un enfant préparent devant un feu de bivouac le repas de la troupe; dans le fond, d'autres cavaliers courent dans la plaine.

Toile. Haut., 48 cent.; larg., 62 cent.

BOL

(FERDINAND)

Né à Dordrecht en 1611, mort en 1681. École hollandaise.

7 — *Portraits d'une dame et d'un gentil-homme.*

Une dame hollandaise, en robe blanche avec corsage décolleté et bordé de pierreries, parée d'un collier et de boucles d'oreilles de perles fines, le corps entouré d'un manteau vert doublé de jaune, qu'elle tient relevé par un coin, est accoudée sur un balcon de pierre supportant un rosier. Elle accepte une grappe de raisin que lui offre galamment un gentilhomme debout devant elle et qui la fixe du regard.

Celui-ci porte une fine moustache et est vêtu d'un costume de velours rouge.

Ces deux figures sont représentées à mi-jambe et se détachent sur le feuillage des arbres d'un parc.

Très belle peinture d'un coloris transparent et rembranesque.

Signé à droite sur un montant de pierre : *F. Bol fecit.*

Galerie du cardinal Fesch.

Toile. Haut., 1 m. 15 cent.; larg., 1 m. 60 cent.

BORDONE

(PARIS)

Né à Trévise en 1500, mort en 1570. École vénitienne.

8 — *Portrait d'un cardinal.*

Représenté à mi-corps, assis, le visage tourné de trois quarts à gauche, avec longue barbe rousse.

Vêtu d'une aube blanche recouverte d'un camail, coiffé de la barrette rouge, les deux bras accoudés sur son siège, il tient entre ses mains une feuille de parchemin.

A gauche, une draperie verte relevée.

En haut, à droite : ANDREAS·CARS·A·PAVLO III, MDXXXVII.

Toile. Haut., 1 m. 16 cent.; larg., 96 cent.

BOTH

(Attribué à JAN)

Né vers 1610, mort en 1651. École hollandaise.

9 — *La Halte à la fontaine.*

Le soleil est déjà bas vers l'horizon, des voyageurs, avant de continuer leur route, se sont arrêtés à une fontaine et se reposent près d'une caverne creusée dans le roc, tandis que leurs bêtes se désaltèrent. Les arbres, les broussailles, le sentier, tout le paysage est enveloppé d'un poudroiement de lumière dorée qui va se refléter au loin sur les eaux d'un lac.

Signé à droite sur une pierre.

Toile. Haut., 58 cent.; larg., 67 cent.

CANAL DIT CANALETTO

(ANTONIO DA)

Né à Venise en 1697, mort en 1768. École vénitienne.

10 — *Fête sur le Grand Canal.*

Des barques de plaisance, décorées de sculptures décoratives, chamarrées de peintures éclatantes et de dorures, conduites par de nombreux rameurs, sont rangées en ligne, à un coude du Grand Canal que sillonnent, sur la gauche, les gondoles des curieux. De riches étoffes pendent aux fenêtres des palais qui sont occupées par la foule des spectateurs. Quelques nuages, légers et lumineux, flottent dans le ciel qui est d'un beau bleu, limpide et transparent.

Toile. Haut., 57 cent.; larg., 85 cent.

CANAL DIT CANALETTO

(ANTONIO DA)

11 — *Le Retour d'une fête.*

Les gondoles rentrent à Venise, venant de la haute mer. Leur file interminable se déroule devant les bâtiments en rade, suit le canal qui sépare l'île de San Giorgio du quartier de la Giudecca et disparaît dans la brume de l'éloignement. A gauche, à l'entrée de l'île, on remarque la façade de San Giorgio Maggiore, le dôme et le campanile; en face, au milieu de la Giudecca, l'église du Redemptore et, tout à fait à droite la Dogana, en partie masquée par les voiles d'un navire.

Toile. Haut., 57 cent.; larg., 85 cent.

CAPELLE

(JAN VAN)

Florissait au milieu du xvii° siècle. École hollandaise.

12 — *Marine.*

La grande voile blanche d'un navire, pavoisé aux
couleurs de Hollande, se dresse au-dessus d'une
langue de terre avancée dans la mer et se détache,
lumineuse, sur un ciel traversé d'une longue traînée de
nuées grises, se déroulant sur la grande ligne de l'horizon et assombrissant la surface des eaux. Une cha-
loupe, pleine de monde, s'éloigne du vaisseau.
A gauche, deux batelets de pêcheurs inclinent leurs
voiles sous la brise.

Capelle est justement classé parmi les plus grands
peintres de marine hollandais, pour la puissance de
l'effet et la limpidité du coloris.

Toile. Haut., 55 cent.; larg., 82 cent.

COQUES

(GONZALÈS)

Né à Anvers en 1614, mort en 1684. École flamande.

13 — *L'Enfant au miroir.*

C'est un jeune garçon aux cheveux longs, taillés droit sur le front, en habit de drap gris, les coudes appuyés sur une table et qui tient des deux mains un miroir dans lequel il se regarde avec attention.

Charmant petit tableau, d'une tonalité fine et douce, très distinguée. Il symbolise la vue et a vraisemblablement fait partie d'une de ces suites des cinq sens, que G. Coques et les peintres de son époque se complaisaient à interpréter.

Bois. Haut., 25 cent.; larg., 19 cent.

CUYP

(AELBERT)

Né en 1605, mort en 1691. École hollandaise.

14 — *Jeune Fille hollandaise.*

Elle est vue à mi-corps, les cheveux ramenés derrière la tête et encadrés dans une coiffe de dentelle blanche. Elle porte un collier composé de plusieurs chaînettes d'or sur un col bordé de riche dentelle. Le reste du costume est noir à galons d'or, le tout s'enlevant sur un fond gris et neutre.

Signé dans le fond à droite et daté 1646.

Bois. Haut., 59 cent.; larg., 48 cent

DE BOYS

(CORNILLE)

Milieu du xviie siècle. École hollandaise.

15 — *La Pêche en rivière.*

La rivière traverse en longueur le paysage et reflète vivement la lumière du ciel chargé de nuages. Au milieu, à la pointe d'un îlot planté de saules, cinq pêcheurs, montés dans une barque, relèvent leurs filets; plus loin, à la pointe d'un autre îlot, deux pêcheurs à la ligne et un chien.

Au fond, sur la rive boisée, on aperçoit quelques toitures de chaumières et le clocher du village à travers les arbres; des paysans conduisent un troupeau et suivent le cours de la rivière.

Très joli paysage de cet artiste, l'un des plus habiles du xviie siècle, qui s'est le plus rapproché d'Hobbema et aussi de Ruysdael à qui ses productions sont presque toujours attribuées.

Bois. Haut., 40 cent.; larg., 72 cent.

DUCQ

(JAN LE)

Né en 1636, mort en 1693. École hollandaise.

16 — *Réunion galante.*

L'un des personnages réunis dans la pièce a déposé sur une chaise son manteau et son chapeau; assis, le verre en main, il entretient une conversation galante avec une jeune femme assise devant lui. Debout, derrière eux, se tient un nouvel arrivé. D'autres seigneurs et jeunes femmes sont assis près d'une table, au milieu des serviteurs occupés au service des invités.

Bois. Haut., 45 cent.; larg., 66 cent.

DUGHET

(GASPARD, dit le GUASPRE POUSSIN)

Né à Rome en 1613, mort en 1675. École italienne.

17 — *Paysage d'Italie.*

A droite, un aqueduc en ruines auprès duquel un grand bassin de pierre, près d'une rivière; à gauche, un bouquet d'arbres au bord de l'eau. Des petites figures animent ce paysage.

PENDANT DU PRÉCÉDENT

18 — *Paysage.*

Un pâtre débouche d'un bois et conduit un troupeau de moutons.

Au fond, on voit un couvent au bord d'un golfe borné par des montagnes.

Toile. Haut., 25 cent.; larg., 78 cent.

EVERDINGEN

(ALBERT VAN)

Né en 1621, mort en 1675. École hollandaise.

19 — *Un Torrent en Norwège*.

Le torrent se précipite en cascade, resserré entre
deux berges boisées. Au premier plan apparaît, au-
dessous d'un massif de sapins, une maison rustique, et
tout auprès, trois bergers abrités dans le creux d'un
rocher. La berge opposée est couverte d'arbres autour
desquels on aperçoit des métairies et des pâturages
où paissent des moutons.

Signé dans le bas à droite.

Toile. Haut., 70 cent.; larg., 55 cent.

FERG

(FRANÇOIS DE PAULE)

Né en 1689, mort en 1740. École allemande.

DEUX PENDANTS

20-21 — *Ports de mer*.

Des dames et des seigneurs en promenade, des
marchands orientaux, des mariniers, des portefaix, sur
un quai où se dresse un palais en ruines. De l'autre
côté du port, s'étagent les maisons de la ville.

Cuivre. Haut.. 16 cent.; larg., 26 cent.

FRAGONARD

(JEAN-HONORÉ)

Né à Grasse en 1732, mort à Paris en 1806. École française.

22 — *Le Berger.*

Pressés les uns contre les autres, les moutons sont couchés dans une petite clairière, et le berger, accompagné de deux chiens noirs, s'est arrêté sur un sentier en pente, qui conduit à la porte d'un parc, enclos de murs. Des lavandières entourent un bassin, au pied d'une terrasse couronnée de massifs de verdure que surmontent d'énormes peupliers. Le ciel est chargé de nuages sombres avec une éclaircie à l'horizon.

Toile. Haut., 37 cent ; larg., 46 cent.

FRAGONARD

(JEAN-HONORÉ)

23 — *Paysage.*

Une paysanne, assise sur une mule, croise un paysan conduisant un âne par la bride, sur une route qui contourne un mamelon planté de hêtres et de peupliers. La vue se porte, à droite, sur un vallon verdoyant.

Toile. Haut., 38 cent.; larg., 46 cent.

GOYEN

(JAN VAN)

Né à Leyde en 1596, mort à La Haye en 1656. École hollandaise.

24 — *Bords d'une rivière de Hollande.*

Une ville est construite sur le bord d'un canal hollandais. Les maisons, à demi masquées par les buissons et les grands arbres, se développent autour d'une belle église dont les nombreux clochetons et la flèche pointue se profilent sur le ciel. A droite, un moulin à vent, près duquel chemine un cavalier, couronne une élévation du terrain. — Les barques des pêcheurs sont amarrées au long de la rive. Des paysans passent l'eau dans un batelet.

Une brume épaisse a envahi l'atmosphère, projetant une ombre mystérieuse sur la plus grande partie du paysage. Un seul rayon de soleil a fait une trouée à travers les nues ; il éclaire d'une lueur pâle la surface du canal qui fuit à perte de vue, avec ses petites voiles blanches, jusqu'à la ligne d'horizon.

Comme toutes les belles œuvres du grand paysagiste, ce tableau est empreint d'un sentiment de douce mélancolie, d'un charme pénétrant.

Signé des initiales VG et daté 164..

Bois. Haut., 31 cent. 1/2 ; larg., 66 cent.

**

GUARDI

(FRANCESCO)

Né à Venise en 1712, mort en 1793. École vénitienne.

25 — *Une Place de Venise.*

Un seigneur drapé dans son manteau gris et une
dame en robe bleue à longue traîne, traversent une
place décorée d'une fontaine sculptée, se dirigeant
vers un escalier à rampe de fer. Cet escalier monte à
un balcon supporté par des arcades et sur lequel
s'ouvre la porte monumentale à colonnes d'un beau
palais de la Renaissance, dont la façade ensoleillée s'en-
lève en clarté blanche sur le bleu du ciel. A gauche de
l'escalier, on voit une petite loge attenante au mur
d'un monastère percé d'une porte en ogive, que sur-
monte la coupole de l'église.

Toile. Haut., 31 cent.; larg., 27 cent.

GUARDI

(FRANCESCO)

26 — *L'Arc de triomphe.*

Un arc triomphal, en ruines, tapissé de mousse et
de pariétaires, dresse sa façade délabrée, à quelques
pas du rivage. A travers la grande baie de l'arcade,
apparaît au loin un temple à fronton, inondé de soleil
et dont la vive clarté contraste avec les ombres vigou-
reuses qui enveloppent les premiers plans.

Deux pêcheurs sont arrêtés sur le bord de la mer,
un autre est dans l'eau, à mi-jambes.

Toile. Haut., 31 cent.; larg., 27 cent.

GUARDI

(FRANCESCO)

27 — *Un Déchargement.*

Une barque dont les voiles ont été carguées est à
l'ancre devant un quai. Les marins débarquent les
marchandises et les déposent à l'angle d'une construc-
tion surmontée d'une madone. A gauche, sur un rocher, trois personnages assistent au déchargement. Le
soleil, qui se couche sur la droite, éclaire le ciel et une
voile blanche qui apparaît au loin sur la mer.

Toile. Haut., 19 cent.; larg., 54 cent.

GUARDI

(FRANCESCO)

28 — *Paysage d'Italie.*

Une petite barque, chargée de passagers, contourne
un rocher surmonté d'un arbre aux branches brisées.
Un cavalier suit le talus qui sépare la rivière en deux
bras et s'apprête à traverser un petit pont pour retrou-
ver deux autres personnages placés à droite du tableau.
La campagne s'étend au loin, parsemée de bouquets
d'arbres et de maisons en ruines.

Toile. Haut., 19 cent.; larg., 54 cent.

HELST

(BARTHOLOMEUS VAN DER)

Né en 1613 à Harlem, mort en 1670. École hollandaise.

29 — *Portrait de dame hollandaise.*

Elle est vue de trois quarts à mi-corps, les cheveux relevés et attachés avec une épingle à tête dorée, ciselée à jour. Un serre-tête en dentelle blanche encadre la coiffure.

Une grande collerette empesée retombe sur un costume de velours noir. Le corsage est en brocart blanc et les manches sont garnies de nœuds bouffants de même étoffe.

Dans le haut, à droite, un écusson ovale.

Daté 1634.

Bois. Haut., 68 cent.; larg., 56 cent.

HEYDEN

(JAN VAN DER)

Né en 1637, mort à Amsterdam en 1712. École hollandaise.

30 — *Coin de ville hollandaise.*

C'est la perspective d'une impasse aboutissant à la porte latérale d'une église. De chaque côté s'alignent les façades rouges de hautes maisons aux fenêtres garnies de petits vitraux, aux toits pointus couverts de tuiles. Un marguillier sort de l'église. Un homme, le panier au bras, et une femme en corsage rouge et fichu blanc, se sont arrêtés pour causer devant la boutique du barbier. Une paysanne, en bonnet et tablier blancs, est accotée contre un auvent qui se profile en vigueur sur le crépi d'un pan de mur ensoleillé.

Bois. Haut., 49 cent.; larg., 42 cent.

HOBBÉMA

(MEINDERT)

Né en 1638, mort en 1709. École hollandaise.

31 — *La Rivière*.

« Paysage représentant un site boisé divisé au centre par une rivière, sur laquelle un bateau avec trois hommes (Smith a omis le quatrième qui se penche et qui est peu visible). Sur la gauche (du tableau) se trouve un groupe d'arbres; auprès, un chemin, sur lequel deux paysans, dont l'un est assis.

« De l'autre côté de la rivière s'étend un bois sombre, traversé par un étroit chemin où s'avancent deux personnes. La vue, à droite. se prolonge sur des terrains entrecoupés par la rivière et couverts en partie par des groupes d'arbres, à travers lesquels le soleil jette de vives lueurs.

« L'avant-plan, onduleux, est aussi agréablement varié par des roseaux et d'autres plantes. »

Peint dans un style ferme et magistral.

SMITH, *Catalogue raisonné*, vol. VI, p. 147. n° 94 et Supplément, p. 721, n° 6.

Les figures sont de la main du maître.

Signé : *M. Hobbema*.

Gravé par *Flameng*.

Collection lord Veymouth, 1828; J. Norris, esq.. 1842, et M. Y. D. C. Suermondt, 1877.

Bois. Haut., 60 cent.; larg., 78 cent.

****

HUGTENBURG

(JEAN)

Né à Harlem en 1646, mort en 1733. École hollandaise.

32 — *La Défense d'un village.*

Dans une belle vallée bornée par une haute colline, une nombreuse armée de cavaliers est aux prises avec les défenseurs d'un village à demi caché par une éminence de terrain à droite.

Au premier plan, deux partis de cavaliers combattent avec acharnement, des morts et des blessés jonchent le sol aux pieds des chevaux, tandis qu'à gauche, dans un pli de terrain, derrière un bouquet d'arbres, le gros de l'armée est reçu par un violent feu de mousqueterie des villageois. La mêlée est aussi très chaude de ce côté, mais les assaillants paraissent repoussés, car un certain nombre d'entre eux s'enfuient à la débandade.

Au fond de la vallée, vers la gauche, on aperçoit un autre village au pied d'un escarpement surmonté d'un château. Composition très mouvementée, signée du monogramme de l'artiste, au bas, à droite.

Toile. Haut., 64 cent.; larg., 70 cent.

HUGTENBURG

33 — *La Prise d'un village.*

Une armée de cavaliers et de fantassins aborde un village dont on aperçoit l'église et le château avec sa tour de l'autre côté d'une rivière, à droite.

Plusieurs cavaliers combattent au premier plan ; l'un d'eux, monté sur un cheval blanc lançant une ruade, est au milieu de plusieurs soldats démontés et de chevaux blessés.

A gauche, des paysans cachés dans les blés se défendent contre un peloton de cavalerie.

A droite, au bord de la rivière, un groupe de trois combattants ; plus loin, cinq autres soldats se sauvent dans une barque.

Signé au bas, à gauche, du monogramme de l'artiste.

Toile. Haut., 61 cent.; larg., 70 cent.

JARDIN

(KAREL DU)

Né à Amsterdam vers 1635, mort à Venise en 1678.

34 — *La Halte au bord de l'eau.*

Dans un vallon riant, baigné par une rivière qui
serpente au bas des coteaux boisés, deux personnages,
un seigneur et une dame en promenade, viennent de
s'arrêter sur un plateau d'où la vue embrasse tout le
paysage. La dame porte une toilette élégante, robe de
soie grise brodée d'argent, plumes élégantes fixées
dans la coiffure. Elle monte sur un alezan et caresse
un petit chien juché sur la croupe de l'animal. Le cavalier a mis pied à terre, laissant son manteau rouge
sur le dos de sa monture. Près de ce groupe, un pâtre,
vêtu d'une peau de mouton, s'approche de deux grands
lévriers. A gauche, au second plan, un chasseur tire le
gibier d'eau, et des pêcheurs, les jambes nues, sont
échelonnés sur la berge. Une brume dorée enveloppe
le paysage, qui donne l'impression d'une belle journée
d'été.

Toile. Haut., 45 cent.; larg., 53 cent.

KEYSER

(THÉODORE DE)

Né vers 1595, mort vers 1660. École hollandaise.

35 — *Portrait d'une dame hollandaise.*

Représentée à mi-corps, de trois quarts, tournée
vers la gauche ; elle est coiffée d'une cornette de tulle
avec bandeau de guipure enserrant les cheveux et
porte une robe de soie gris de fer à broderies, des
manchettes de guipure, une fraise ronde à plis
tuyautés.

Cuivre ovale. Haut., 28 cent.; larg., 23 cent.

LINGELBACH

(JOHANNES)

Né en 1625, mort en 1687. École hollandaise.

36 — *Le Départ pour la promenade.*

Une jeune femme, un perroquet sur le doigt, sort
de son habitation, accompagnée d'un jeune seigneur.
Son page, adossé à la balustrade du balcon, regarde
deux mendiants qui tendent la main. Un singe, assis
sur l'appui de la galerie, imite le geste des mendiants,
et, sur la gauche, un chien aboie après eux. Plus loin,
dans la rue, le carrosse, attelé de deux chevaux, attend
ses maîtres.

Signé, à droite, sur une marche du perron, et
daté 1670.

Bois. Haut., 49 cent.; larg., 47 cent.

LOO

(CARLE VAN)

Né à Nice en 1705, mort à Paris en 1765. École française.

37 — *Portrait de Louis XV.*

Il est représenté en pied, près du trône, en costume de gala, revêtu du grand manteau de velours bleu fleurdelisé d'or et doublé d'hermine, recouvert des ordres du Saint-Esprit et de la Toison-d'Or.

Il tient de la main droite le sceptre, appuyé sur un coussin supporté par un tabouret et sur lequel sont posées la couronne royale et une main de justice.

De la main gauche, il tient un chapeau orné de plumes blanches.

Fond de draperie rouge devant une colonnade.

Signé au bas, à gauche, et daté 1760.

Toile. Haut., 1 m. 27 cent.; long., 90 cent.

MAAS

(NICOLAS)

Né en 1632, mort en 1693. École hollandaise.

38 — *Portrait de femme.*

Elle est vue à mi-jambes sur un fond de paysage d'une tonalité puissante. La tête est encadrée d'une chevelure frisée. Elle porte un corsage décolleté qui laisse voir un collier de perles autour du cou. Elle soulève les pans du manteau qui lui couvre l'épaule droite.

Signé à droite, et daté 1678.

Toile. Haut., 58 cent.; larg., 48 cent.

MEMLING

(Attribué à HANS)

Bruges, 1425.

39 — *La Vierge et l'Enfant Jésus.*

La Vierge Marie, enveloppée d'un manteau rouge, porte son divin Fils, nu et dans un lange, sur son bras droit.

L'enfant tend ses petites mains vers sa mère qui lui retient le bras droit et le regarde avec une douce sollicitude.

Ce charmant groupe se détache sur un paysage terminé par une colline surmontée d'une chaumière.

Bois. Haut., 28 cent.; larg., 21 cent.

MEULEN

(FRANÇOIS VAN DER)

Né à Bruxelles en 1634, mort à Paris en 1690. École française.

40 — *L'Arrivée de Louis XIV au siège de Namur.*

Une longue file de carrosses et de charriots encombrent un chemin qui vient déboucher en serpentant dans la plaine, en vue de la ville.

A gauche, le carrosse royal, entouré de seigneurs de la cour et de cavaliers, au milieu desquels se trouve un cardinal; à la suite, viennent des porteurs et des valets.

Au premier plan, sur une éminence ombragée par un grand arbre et d'où le regard embrasse toute la plaine, couverte d'escadrons en ligne, plusieurs mules, chargées de ballots, conduites par des serviteurs à la livrée royale ; quelques-uns déchargent un animal renversé sous son fardeau, tandis qu'une troupe de cavaliers, sous le commandement d'un officier en uniforme rouge et montant un cheval isabelle, se dirige à droite.

Près de là, quatre paysans mangent, assis sur l'herbe, près d'une hotte renversée.

Tout à fait à gauche, de l'autre côté du chemin, de nombreux buveurs occupent une cantine installée sous les arbres.

Composition importante, pleine de mouvement et du faire le plus soigné de Van der Meulen.

Au bas, sur le terrain, la signature : *A. F. V. Meulen, 1675.*

Toile. Haut., 1 m. 5 cent.; larg., 1 m. 45 cent.

MOLENAER

(JAN-MIENSE)

xviie siècle. École hollandaise.

41 — *Le Concert au cabaret.*

C'est jour de fête et les villageois en liesse, pressés sur les bancs du cabaret, ont entonné un couplet bachique que le ménétrier chante avec eux, râclant son instrument de toute son énergie. Le vacarme se complique d'une cornemuse dont l'heureux possesseur s'est hissé sur une table pour être plus à l'aise. L'un des chanteurs, le verre en main, a passé tendrement le bras autour du cou de sa compagne, qui tient son verre de la main droite, la main gauche armée d'une cruche en grès émaillé. Un chat ronronne sur un tabouret. Au fond de la pièce, à droite, trois hommes causent devant la cheminée, deux assis, l'autre debout, le dos au feu. A gauche, un buveur s'est endormi sur un tonneau et deux enfants jouent avec un petit chien. Des brocs, des cannettes, une bassine, deux lièvres morts, des poissons dans un plat de terre, sont éparpillés sur le sol de la pièce. Un grand vase de cuivre est posé sur une table de bois. Amusante et importante composition d'une coloration chaude, pleine d'harmonie.

Signé sur un banc : *J. Molenaer*, le J. et l'M enlacés.

Bois. Haut., 74 cent.; larg., 1 m. 6 cent.

MOUCHERON

(FRÉDÉRIC)

Né à Edam en 1633, mort à Anvers en 1686. École hollandaise.

42 — *Le Dessinateur.*

Dans un très beau site accidenté arrosé par une rivière, un artiste vêtu d'un manteau rouge est assis au bord de l'eau et dessine le paysage.

A gauche, la rive est bordée par des roches et des grands arbres aux épais ombrages. Sur la rive opposée également garnie d'arbres, un paisible pêcheur à la ligne est debout. La vue se déroule au delà sur une suite de collines dorées par les rayons du soleil couchant.

Signé en toutes lettres au bas, à droite.

Toile. Haut., 70 cent.; larg., 57 cent.

NATTIER

(D'après J. M.)

Né à Paris en 1685, mort en 1766. École française.

43 — *Portrait de Marie Lecʒinska.*

Représentée de grandeur naturelle, assise, le visage tourné vers la gauche et la tête entourée d'un voile de dentelle noire noué sous le menton, vêtue d'une robe de soie rouge bordée de fourrure et garnie de dentelle, elle est accoudée du bras gauche sur un album ouvert sur une table.

Toile. Haut., 1 m. 47 cent.; larg., 1 m. 15 cent.

NEER

(EGLON VAN DER)

Né à Amsterdam en 1643, mort en 1703. École hollandaise.

44 — *La Promenade.*

Un jeune seigneur, vêtu d'un manteau noir doublé de satin rouge, tient dans la main gauche une badine; à ses côtés marche une jeune femme en riche costume de soie blanche. A gauche, la suivante assise tient un petit chien sur ses genoux ; à droite, un jeune serviteur passe près d'un singe avec un plateau chargé d'oranges.

Signé à droite au pied d'un fût de colonne et daté 1671.

Toile. Haut., 67 cent.; larg., 55 cent.

NEER

(Attribué à AART VAN DER)

Né à Amsterdam en 1613, mort en 1684. École hollandaise.

45 — *Les Patineurs.*

Plusieurs canaux viennent aboutir à la rivière ; de nombreux patineurs la sillonnent en tous sens. Sur la droite, un traîneau attelé d'un cheval conduit des voyageurs à la ville que l'on aperçoit au loin, noyée dans la brume du soleil couchant

Bois. Haut., 29 cent.; larg., 48 cent.

RUYSDAEL

(JACOB)

Né à Harlem en 1625, mort en 1682 (?). Ecole hollandaise.

46 — *Le Chemin de l'église.*

Au premier plan, un sentier sablonneux, vivement éclairé par un rayon de soleil, contourne un monticule boisé et conduit à l'église. Sur la droite, un autre sentier, bordé par une rangée de gros arbres dont le feuillage se détache sur un ciel gris, va rejoindre le premier. Au centre, un paysan, son bagage sur l'épaule, regagne sa demeure.

Toile. Haut., 66 cent.; larg., 73 cent.

RUYSDAEL

(SALOMON)

Né à Harlem, 1670. École hollandaise.

47 — *Le Bac.*

Sur une rivière s'étendant à l'horizon à perte de
vue et venant baigner à droite les murs d'une ville
fortifiée, étagée et dominée par un château fort surmonté d'une grosse tour carrée, un bac chargé d'un
carrosse à quatre chevaux, de deux cavaliers et de plusieurs valets, se dirige vers la porte de la ville située
sur l'autre rive.

A gauche, deux barques, dont l'une montée par
quatre pêcheurs tirant leurs filets et l'autre garnie
d'une banne ; quatre vaches paissent au bord de l'eau.

La rivière est sillonnée de bateaux de pêche et de
chalands abordant près de la ville ou suivant le cours
de l'eau.

Dans l'éloignement, la rivière est bordée d'une
colline fuyant dans le lointain.

Un ciel zébré de nuages éclaire ce beau paysage
d'une transparence et d'un dessin remarquable.

Signé sur le bas : *S. V. Ruysdael, 1648.*

Toile. Haut., 1 m. 3 cent.; larg., 1 m. 42 cent.

RUYSDAEL

(SALOMON)

48 — *Le Passage du gué.*

Sur la lisière d'une forêt aux arbres séculaires, vigoureux et touffus, dont le feuillage mordoré annonce le commencement de l'automne, un chemin sinueux, coupé par un cours d'eau, est suivi par des paysans conduisant un troupeau.

L'un d'eux, monté sur un cheval et accompagné d'un jeune garçon, est engagé dans le gué avec une douzaine de bestiaux ; en arrière, au tournant de la route, un enfant fait suivre le reste du troupeau.

Au premier plan, une vache, une chèvre et un mouton sont couchés sur le chemin.

A droite, on découvre la plaine par une éclaircie à travers les arbres.

Le ciel est parsemé de légers nuages entrecoupés par la brise.

Très beau tableau de l'artiste.

Bois. Haut., 85 cent.; larg., 1 m. 4 cent.

STEEN

(JAN VAN)

Né à Leyde en 1636, mort à Delft en 1689. École hollandaise.

49 — *La Noce villageoise.*

Un vieux barbon, chauve, à barbe blanche, accoutré d'un pourpoint gris avec manches de soie jaune tailladée et portant un tablier, — l'aubergiste sans doute, — a saisi la main d'une grosse servante qui fait la coquette et il exécute un pas de danse grotesque, pour la plus grande joie des assistants qui poussent des hourras, les bras en l'air. Cependant le ménétrier, juché sur un banc, impassible, râcle son instrument, pénétré de l'importance de ses hautes fonctions. A gauche, les gens de la noce sont attablés : le marié fait boire la nouvelle épouse coiffée d'une couronne dorée ; un gros villageois, le ventre rebondi, tassé sur son siège, s'est retourné le verre en main et rit aux éclats, tandis qu'à l'autre bout de la table on s'embrasse sans façon. Un peu en avant, un épagneul dévore les reliefs du festin.

Tableau de belle qualité, d'un coloris à la fois vigoureux et délicat.

Signé à droite : *J. Steen.*

Bois. Haut., 28 cent.; larg., 35 cent.

STRY

(JACQUES VAN)

Né en 1756, mort en 1815. École hollandaise.

50 — *Pâturage de Hollande.*

Trois vaches couchées, une quatrième vache debout sur laquelle le pâtre est accoudé, sont au pâturage, au bord d'un plateau, d'où l'on découvre une vaste campagne baignée par une rivière, qui miroite et se perd dans les lointains sous un ciel de plein été.

Bois. Haut., 33 cent.; larg., 43 cent.

TENIERS

(DAVID)

Né à Anvers en 1610, mort en 1694. École flamande.

51 — *La Causerie des paysans.*

Trois villageois ont lié conversation, arrêtés au bord d'un chemin. Deux sont debout, appuyés sur leur bâton; ils écoutent l'autre qui est assis sur un talus et parle en gesticulant. Près du groupe, est un petit chien.

La route traverse une campagne plantée d'arbres et, faisant un détour au second plan, prend la direction d'une ville dont les toitures se silhouettent sur le ciel, dans l'éloignement.

Petit tableau d'un coloris blond et d'une exécution très légère.

Signé à droite du monogramme.

Bois. Haut.. 21 cent. 1/2; larg., 19 cent.

TIEPOLO

(DOMENICO)
Né en 1727, mort en ... École vénitienne.

52 — *Moïse sauvé des eaux.*

Une servante, les jambes dans l'eau, vient d'attirer
sur le bord la corbeille dans laquelle Moïse était
exposé sur le fleuve, et, prenant l'enfant, elle le pré-
sente à la belle Thermutis, la fille de Pharaon, qui est
entourée des dames d'honneur, d'un page, d'un négril-
lon, et suivie d'une esclave tenant un parasol. Deux
hallebardiers se tiennent respectueusement à distance.
Le fleuve, traversé par un pont, baigne les murs d'en-
ceinte d'une ville importante.

Les personnages sont revêtus de sompeueux costumes à la mode vénitienne du XVIᵉ siècle.

Toile. Haut., 60 cent.; larg., 45 cent.

UDEN

(LUC VAN)
Né en 1595, mort en 1673. École flamande.

53 — *Paysage avec cours d'eau.*

Au premier plan, un gros arbre se dresse sur une
sorte de mamelon qui domine toute une vallée. Les
prairies s'étendent au loin sous un ciel bleuté, arrosées
par le cours sinueux d'un ruisseau d'eau vive. Sur la
droite, s'étagent des collines boisées.

Bois. Haut., 25 cent.; larg., 37 cent.

VELDE

(ESAIAS VAN DE)

Première moitié du xvii* siècle. École hollandaise.

54 — *Paysage dans la neige.*

Tout le village est couvert de neige; les toitures blanches, les cheminées en brique rouge, les troncs d'arbres dénudés se détachent vigoureusement sur un ciel gris et plombé. Des patineurs sillonnent la rivière glacée pour gagner l'autre rive où apparaît le clocher d'une petite église au-dessus des maisons. Sur la droite, deux paysans traînent une pièce de bois avec des cordages et une femme ramasse du bois. Sur la gauche, un paysan pousse un traîneau et un autre, assis sur le bord d'un bateau, met ses patins.

Signé et daté 1629.

Bois. Haut., 37 cent.; larg. 58 cent.

VERNET

(CLAUDE-JOSEPH)

Né à Avignon en 1714, mort en 1789. École française.

55 — *Le Pêcheur de truites.*

Deux femmes, dont l'une porte une corbeille, sont arrêtées auprès d'un pêcheur qui, le pantalon retroussé, les jambes arc-boutées sur les rocs, jette sa ligne dans un torrent impétueux, encaissé dans d'énormes rochers. Au second plan, un pont de pierre traverse la cascade, reliant deux montagnes à pic, couronnées de groupes de maisons et de grands bâtiments flanqués d'une tour ronde.

Signé : *J. Vernet,* 1776.

Bois. Haut., 41 cent.; larg., 28 cent.

VÉRONÈSE

(CALIARI dit PAOLO)

Né en 1530, mort en 1588. École vénitienne.

56 — *La Fille du Titien.*

Elle est vue à mi-corps, vêtue d'un corsage de velours rouge décolleté et à crevés blancs. Sa tête, légèrement relevée, permet de voir sa chevelure blonde dans laquelle brille un saphir. Son cou et ses oreilles sont ornés d'une parure de perles.

Toile. Haut., 56 cent.; larg., 50 cent.

VESTIER

(ANTOINE)

Seconde moitié du xviii° siècle. École française.

**57 — *Portraits présumés de Madame Élisa-
beth et de ses deux enfants.***

L'artiste ne pouvait composer un groupe plus gracieux de ces trois charmants visages.

La mère, assise dans un fauteuil, devant une boîte
à couleurs, le visage presque de face, la chevelure
légèrement poudrée, est vêtue d'une robe blanche; de
ses deux bras elle enlace son plus jeune enfant placé
contre ses genoux et dont on ne voit que le haut du
corps nu; il est blond et rose et de ses jolis yeux fixe
le spectateur, tandis que la fille aînée, debout près de
sa mère, la main droite appuyée sur son épaule, la
presse tendrement en souriant.

Toile. Haut., 1 m. 12 cent.; larg., 87 cent.

WOUWERMAN

(JEAN)

Né en 1629, mort en 1666. École hollandaise.

58 — *Le Chemin de la ferme.*

Au premier plan, un tronc d'arbre est tombé en travers de la route qui conduit à la ferme. Plus loin, deux cavaliers sont arrêtés et causent ensemble ; près d'eux sont assis une femme et ses deux enfants. Au sommet du talus qui borde la rivière, se détachent deux gros arbres aux rameaux puissants.

Signé en toutes lettres au milieu du tableau : *J. Wouwerman.*

Bois. Haut., 40 cent.; larg., 56 cent.

WYCK

(THOMAS)

Né en 1616, mort vers 1686. École hollandaise.

59 — *Un Savant.*

Le savant est assis, un livre en main, plongé dans des recherches et attendant avec anxiété le résultat de l'expérience préparée sur son fourneau. Autour de lui, sont épars, pêle-mêle, de vieux parchemins, des livres, des fioles, des cornues et mille objets divers. La fenêtre ouverte dans le fond de la pièce laisse entrer un rayon de lumière qui éclaire gaiement ce fouillis multicolore.

Signé au bas sur le plancher.

Bois. Haut.. 47 cent.; larg., 40 cent.

WYNANTS

(JAN)

Né à Harlem vers 1600, mort après 1677. École hollandaise.

60 — *Terrains éboulés.*

Un rayon de soleil illumine un monticule sablonneux sur lequel se dresse un saule aux branches
effeuillées. Sur une route. creusée d'ornières, qui
passe au pied du mamelon, chemine un mendiant, le
bâton à la main, la besace sur le dos. Plus loin, une
paysanne se repose au bord du chemin, à quelques pas
d'un cavalier montant un cheval blanc. A gauche, un
tronc gît sur le sol.

Signé à droite.

Bois. Haut., 24 cent.; larg., 32 cent.

ÉCOLE FRANÇAISE

(xviii° siècle.)

61 — *Les Filles de Louis XV.*

Elles sont réunies au milieu d'un vaste paysage, et
vêtues de gracieux costumes de l'époque. Sur la
gauche, apparaît Pégase planant au sommet d'une
montagne.

Toile. Hai 64 cent.; larg., 74 cent.